애수의 뜰

김소미 시집

시음사
시사랑음악사랑

본문
시낭송
감상하기

QR 코드 스마트폰으로 QR 코드를 스캔하면 시낭송을 감상할 수 있습니다.

제목 : 그대! 잘 지내시나요
시낭송 : 최명자

제목 : 찬란한 슬픔
시낭송 : 박영애

제목 : 사월의 노래
시낭송 : 박영애

제목 : 목련에게
시낭송 : 김지원

제목 : 애수의 뜰
시낭송 : 박순애

제목 : 사랑, 이별
　　　　그리고 그리움
시낭송 : 최명자

제목 : 시월의 편지
시낭송 : 최명자

제목 : 천년의 사랑
시낭송 : 김락호

제목 : 애수의 석모도
시낭송 : 박영애

제목 : 겨울 스케치
시낭송 : 김이진

제목 : 그리운 마음
시낭송 : 김지원

제목 : 내 고향
　　　　오솔길을 거닐며
시낭송 : 박영애

제목 : 청산에 살고지고
시낭송 : 조한직

제목 : 고향 생각
시낭송 : 박영애

시인은 자연을 이야기하고 시낭송가는 자연을 품었다.
글자는 날개를 달아 언어로 날고 소리는 자연에 눕는다.

시인의 말

달빛에 시를 쓰고
별빛에 시를 노래하던
들꽃 같은 한 소녀가
지천명(知天命)을 지나서야
드디어 오랫동안
꿈꾸어오던 시인이 되어
"애수의 뜰"
이라는 이름표를 달고
생애 첫 시집을 두근거리는 설레임으로
출간하게 되었습니다
시를 사랑하는 많은
독자님들 가슴에
잔잔히 흐르는
고향의 옥빛 시냇물 같은
메시지가 되었으면 좋겠습니다
계절은 바뀌어도
한결같은 마음으로
달빛에 시를 짓고
별빛에 시를 그릴 것입니다
언제나 건강하시고
아름다운 삶의 주인공들이 되시기를 기원합니다

시인 **김소미**

1. 내 사랑아 ♡

2. 끝없는 그리움 ✉

3. 추억의 플랫폼

4. 고향의 푸른 언덕

1 내 사랑아

수많은 별들 중에 이런저런 사연으로
하나 둘 떠나간다 해도 그대와 나
이 세상 사는 동안 서로 이끌어 주며
기쁨과 슬픔을 함께할 수 있는
인생의 참 동반자였으면 좋겠습니다

고향 시냇물 같은 그대

삶이 버겁고 무너지고 싶어질 때
야생화 흐드러진 호젓한 카페에서
말없이 마주 바라보는 것만으로
마음 따뜻해지는 그대였으면 좋겠습니다

때로는 힘에 겨운 인생의 고뇌로
지독한 외로움이 물무늬처럼 일렁일 때
고요히 그대 어깨에 기댈 수 있었으면

바람결 같은 지난 추억 속에서
기억마다 투명하게 흐르는
고향 시냇물 같은 그대였으면 좋겠습니다

쓸쓸하고 슬퍼지는 황혼 녘
부르면 달려올 수 있는 거리에 머물며
애틋한 그리움으로 눈 시리도록
바라보고 지고픈 그대였으면 좋겠습니다.

물안개

지난 별 밤
당신과 도란도란
물안개 피는
호숫가를 거닐었죠

별빛 들창
살짝이 밀치고
당신은 나의 꿈나라에 왔지요

흰 달빛 툭툭 털며
내 가슴 가득히 안겨 왔어요

당신에게서 어느 먼 시절의
찔레꽃 향기가 났지요

들창밖에는
물푸레 나뭇잎이 지고
나는 꿈속에서 다시
당신과 도란도란 걷기 시작했죠

애수

달빛 윤슬 헤적이는 봄밤에
무명 치맛자락 살포시 지르밟고
당신은 은밀히 오셨습니다

깊은 심연의 풀빛 뜨락에
천마리 나비 떼 나풀나풀
사모의 등불을 밝히셨습니다

은 실타래 풀어헤친 내 가슴에
당신의 희디흰 눈물
동이동이 훌뿌려 놓았습니다

잠들지 못하는 달빛 영창에
고고히 그림자 드리우고
기어이 불멸의 촛불 하나
밝혀 놓으셨습니다,

꽃등

하얀 꽃의 계절
솔바람 사잇길에
봄 꽃잎 한아름 뿌려 놓겠습니다

사랑하는 이여!
우리 그리운 어느 봄날에
꽃잎 자박자박 밟으며 오십시오

환희의 계절
별들이 꿈꾸는 뜨락에
꽃등 방울방울 밝혀 두겠습니다

사랑하는 이여!
우리 보고픈 깊은 밤에
꽃등 따라 조용히 걸어오십시오

꽃향기 폴폴
숨어드는 초승달 창가에
꽃등불 환히 걸어 두겠습니다

사랑하는 이여!
별빛 쏟아져 내리는
노을 진 사잇길로 살짝이 오십시오
꽃잎 이슬 조롱조롱 맺히기 전에

그대! 잘 지내시나요

흰 햇살 나뭇잎에 은수정처럼
또르르 구르는 시월 아침입니다

그대 !
잘 지내시나요
그대의 시월은 어떤가요
나는 그대 생각으로
해 뜨는 아침부터
달 뜨는 저녁까지
이렇게 서성입니다

계절은 다시
나뭇잎 물드는 시월입니다
그대의 뜰에도 나뭇잎이 물드나요
나의 고적한 뜨락에는
그대 그리움으로 별이 뜨고 집니다

그대 !

행복한가요

나뭇잎이 한 잎 두 잎 떨어집니다

그대의 뜰에도 나뭇잎이 지는지요

나의 고요한 뜨락에는

그대 사랑함으로 인하여

잎잎이 주홍빛으로 물들어 갑니다,

제목 : 그대! 잘 지내시나요
시낭송 : 최명자

스마트폰으로 QR 코드를 스캔하면
시낭송을 감상할 수 있습니다.

내 사랑아

참새 떼 지저귀는
어느 여름날 오후
문득 당신 그리워
배롱 꽃길 가만가만 걸어요

우리가 사랑했던
그 수많은 날들은
눈이 부시게 찬란했었고
그날의 태양은
오늘 보다 더욱 작열했었죠

오! 내 사랑아
나는 결코 잊을 수 없어요
당신이 나를 사랑했던
그 별처럼 빛나던 순간들을

우리 사랑은 흘러갔어도
그리움만 가슴에 남아
추억은 갈잎처럼 흩어져요
나의 여름 뜰 가득히

내 사람아

우리 사랑하며 살자
바람 같은 사람아
태양처럼 뜨겁게
붉은 꽃잎 태우며 살자

곁에 있어도
보고 싶은 내 사람아
저문 강에 흐르는
달처럼 별처럼
은은히 빛나며 살자

파도처럼 산산이
부서지며 살자
사월의 라일락처럼
우리 그렇게 향기롭게 살자

그대 사랑 하였으므로

맑은 영혼의 그대
한 시절 사랑하였으므로
나는 외로워하지 않겠네

그대 뚝 뚝 떨어져서
흙이 된다 하여도
나는 슬퍼하지 않으리

이별이 서러워
온몸으로 흐느끼는 갈 숲
산새도 깊이 잠이 들었네

투명한 영혼의 그대
한 세월 사랑하였으므로
나는 결코 그대 그립지 않으리

우린 다시 사랑할 수 있을까

눈 내리는 저물녘
폴 모리아의 눈이 내리네
그 아름다운 선율의
창가에 서서

하얀 눈길로
뽀드득 뽀드득 겨울 서정에 젖어
걷고 있을 그대 생각합니다

비엔나 커피잔 가득히
웃고 있는 그대
들풀 향기의 그대
사슴처럼 그리워합니다

저어기
갈대숲 언덕 아래
청둥오리 떼 평화로운
파란 호숫가를 돌아오고 있겠죠

눈송이 툭툭 털며
현관문 밀치는 그대
아! 우린 다시 사랑할 수 있을까

찬란한 슬픔

누운 풀잎에 흰 이슬
은 수정처럼 구르는 빛 시린 아침
강가엔 백로 한 쌍 푸드득 나르네

빨간 지붕 호젓한 카페
구름 흐르는 넓은 창에 기대어
내 그대와 그 달콤 씁쓰레한
에스프레소 한잔 천천히 마시고 싶네

빛나는 햇살 맑은 바람
슬프도록 아름다운
산국 향 짙은 강둑길
내 그대와 도란도란 거닐고 싶네

스산한 계절
흔들리는 갈잎 되어
붉은 편백 나무
긴 노을 길에서
내 그대와 우연히 마주치고 싶네
찬란한 슬픔의 거리 그 어느 길목에서라도

제목 : 찬란한 슬픔
시낭송 : 박영애

스마트폰으로 QR 코드를 스캔하면
시낭송을 감상할 수 있습니다.

사월의 노래

초록 이슬
또르르 구르는
들 꽃길 지나서
그리운 그대 손잡고
에메랄드빛 영롱한
푸른 호수에 가야겠네

하늘엔 새털구름 흐르고
연분홍 꽃잎은 호수에 날리누나

낮은 목소리 다정한 얼굴
그대 눈동자 별처럼 반짝이네

리라의 언덕을 넘어
제비꽃 안개 피어오르는
노을빛 호수에 배 띄우고
그대와 풀잎의 노래 부르리
아! 사월의 향기에 젖노라

제목 : 사월의 노래
시낭송 : 박영애
스마트폰으로 QR 코드를 스캔하면
시낭송을 감상할 수 있습니다.

목련에게

밤이면 밤마다 그대 그리워
눈물 홀뿌리고
바람으로 지웠습니다
어느 봄날 새하얀 웃음 활짝 피울
그대 모습 담으려

희디흰 무명 옷자락 휘날리며
그대는 자박자박
걸어서 사월에 오셨습니다

그대 맞이하고 보내야 할 마음은
아직은 백 리인데
사월에 오시어 사월에 떠나 신다니

가슴에 하얀 그리움 쏟아붓고
별빛 푸른 깊은 밤에
바람 같이 홀연히 떠나실 것 같아

사월이 흐르는 밤하늘에
별빛처럼 초롱초롱 한
눈망울을 밝혀 두겠습니다

제목 : 목련에게
시낭송 : 김지원
스마트폰으로 QR 코드를 스캔하면
시낭송을 감상할 수 있습니다.

수줍은 사랑

연분홍빛
두루마기
수줍은 새아씨

백마 타고
달려온
서방님 품속에

연지 곤지
단장하고
살포시 안기니

야속하고
그리웠던 마음
춘삼월
봄 눈 녹듯 하여라

선물같은 하루

매일 반복되는 일상이지만
마음과 생각이 통하여
작은 것에도 웃음을 나눌 수 있는
다정한 친구들이 있으니
오늘 하루도 선물입니다

늘 실수로 허둥거리는 날들이지만
믿음과 사랑하는 마음이 충만하여
나를 진정 아껴주는 가족이 곁에 있으니
오늘 하루도 선물입니다

오만과 투정으로 지친 시간들이지만
긍정적이고 명랑하여 언제라도
고민을 들어 주는 따뜻한 이웃들이 있으니
오늘 하루도 선물입니다

그 많은 선물들을 갖기에는
부족함이 많은 나 이지만
그럼에도 열심히 살아갈 수 있는 이유는
이 소중한 사람들이 곁에 있기 때문입니다

그 어떤 값비싼 선물보다
따뜻한 눈빛으로 참된 삶을 노래하며
진실을 공유하는 귀한 인연들을 만날 수 있는
오늘 하루가 가장 큰 선물입니다

아름다운 나날들

바람처럼 스치는
내 삶의 순간순간들이
나를 가슴 뛰게 한다
뜨락 가득히 무지갯빛 꽃을 심고
말간 아침 이슬로 샤워를 한다

새소리 청아한 숲길을 걷고
달빛 뜰에서 가을 강변의 추억을
그리워하며 눈물 글썽인다

텃밭에 상추와 치커리를 가꾸고
내 마음 들녘에 소망의 낱알을 뿌려
풍요로운 가을을 준비한다

하얀 햇살에 반짝이는
잎새들은 그 얼마나 아름다운가
노을이 지는 여름 바다와
울창한 숲 사이로 비치는 석양
이 얼마나 가슴 뭉클한 풍경인가

순수하고 진실한 사람들을 만나는
내 삶의 모든 순간순간이
오늘도 황금빛 행복으로 채색되어 간다,

인연

삶의 여정에서 우연히 만난 그대
사랑이라 하지 않아도 괜찮습니다
햇살 같은 따뜻한 눈길로 바라봐 주는
참 우정이었으면 좋겠습니다

혼돈의 세상을 살아가면서
때로는 영혼의 상처로
슬픔이 파도처럼 밀려올 때
말없이 등 뒤에서 다독여 주는
참 인연이었으면 좋겠습니다

수많은 별들 중에 이런저런 사연으로
하나 둘 떠나간다 해도 그대와 나
이 세상 사는 동안 서로 이끌어 주며
기쁨과 슬픔을 함께할 수 있는
인생의 참 동반자였으면 좋겠습니다

봄인가

호숫가엔
반짝이는 햇살 사이로
물오리 떼 후루루
날아오르고
마른 갈대 소리 스산하오
그대여!

호수는
어제처럼 잔잔하고
호수 건너 청보리밭에
아지랑이 모락모락 피어나오

봄, 봄인가
물오리 떼 봄 노래 부르고
흰 구름 천천히 흘러가오
그대여!

다시 봄

천릿길 돌고 돌아 그녀가 왔다
꽃 바랑 짊어지고 술래가 왔다

초록 물 한 바지개 쏟아 놓으면
청보리 푸른 물결 일렁이겠지

장독대 옆 박하잎 사립문가 민들레
술래가 이리저리 찾아다니면

봄볕에 숨었던 계집아이가
까르르 나리꽃 속에서 뛰어 나온다

나도 덩달아 꽃이나 될까
청보리 물결 따라 춤이나 출까

나의 노래

난 싱그러운 봄날이고 싶다
작은 바람에도 흔들리는
꽃잎이고 싶다
달빛 흰 깊은 밤에
꿈결 같은 사랑에 젖고 싶다

가끔 세월의 사잇길을 지나
어느 고즈넉한 강가
들꽃 향기 속에서
사랑의 슬픔으로 비틀거리며
눈물짓지만
영원토록 반짝이는
별이 되고 싶은 나

문득 푸른 강물
고요히 들여다본다
강물 속에는 호수가 있고
추억이 흐르고
하얀 클로버 융단 끝도 없이
펼쳐진다

그리고
한 청순한 소녀가 배시시 웃고 있다

아름다운 동행

까만 밤 하얗게 지새우고
설레는 가슴 다독이며
푸른 꿈을 향해 달려간다

그곳에는
세월의 흔적을 지우개로 지우고 이팔청춘인
스물한 개의 별들이
푸른 에메랄드처럼 반짝이고 있었다
시를 노래하고 사랑하는
열정은 장미보다 아름답고
리라 꽃보다 향기롭다

때로는 바람에 흔들리고
비에 젖어 멈추고 싶은
순간도 있지만
스물한 송이로 피어나는
진한 우정과 감동
오늘도 시어를 찾아 헤매이게 한다

야누스

내 안에 또 다른 내가 있다

하루에도 몇 번씩
내 안의 나와
토론하고 대립한다

오늘은 무얼 먹을 것인가
무슨 옷을 입을까
누구를 만나 어떤 얘기를 할까
수도 없이 갈등한다

때로는
같은 얼굴 서로 다른 모습에
실망하고 상처받고
깊은 고뇌에 빠지기도 한다

햇살 눈부신 4월의 거리에서
부끄러운 사람은 되지 말자
다짐하며 오늘도 힘차게
발걸음 내딛는다

우도의 봄

섬 속의 섬 우도
끝이 없는 에메랄드빛 바다
돌 무더기 카페 창가에 앉아
제주의 서정에 젖는다

들꽃과 바위의 섬
비양도 오름 길
바람 부는 언덕에 서서
반짝이는 윤슬 아슬히 바라본다

바닷새들의 슬픈 사랑
그 천년 세월의 그리움을
이제사 토해내는 하얀 물거품
그리운 이여! 그대는 아는가

먼 수평선에 신기루처럼
돛단배 점점이 흐르고
파도는 하얗게 산산이 부서진다

우도의 봄도 사월도 가고
사랑도 그리움도 수평선 따라 흘러간다.

3월에게

오!
찬란한 3월아!
고요히 오렴
사브작사브작
풀빛 바람으로 오렴

연둣빛 눈 뜨는
환희의 계절아
매화 꽃잎 지는
연분홍 뜨락으로 오렴

오오!
반짝거리는 3월아!
자박자박
버들강아지 시냇가
봄 물 흐르는 소리로 오렴

시처럼 음악처럼

시처럼 음악처럼
그리 살다가
물처럼 바람처럼 흘러가려네

이름 모를 들꽃 무리진
잊혀진 먼 기억의 낯선 간이 역에서
아슬한 달빛 밟으며
나의 시와 별과
그리고, 사랑을 노래하리

쪽빛 하늘 호수에
솜털 구름 가만히 흐르면
풀잎의 언덕에 올라
내 마음의 그리운
사랑의 세레나데 띄우리라

노을빛 고운 하늘 멀리
철새는 날아가고
세월의 강가에 서글픈 갈대 소리

시처럼 음악처럼 구름처럼
그리 살다가
영원의 강물 따라 흘러 흘러 가려네

푸는 뜰

밤새 누가
나의 정원에
초록 물감 한 바가지
홀뿌려놓고 갔을까

하얀 모시옷 입고
저 물푸레나무 아래 서면
파랗게 물이 들겠네

내 맑은 영혼에도
초록색 물감
담뿍 스며들어
파란 마음 되겠네

내 마음 푸른 숲에
파랑새 날아와
오월 해 다 지도록
행복의 노래 부르겠네

오월의 하늘에
누가 밤새 파란 물감
홀뿌리고 갔을까

하얀 새털구름

행여나

파랗게 물들겠네

탄도 항의 여름

햇살은 들락날락
여름비는 오락가락

뱃고동 소리
부우웅 부우웅

갈매기는 끼룩끼룩
하늘 가득 날아가고

탄도항의 여름이
비릿한 바닷바람 속에서

은빛 전어처럼
팔딱거리고 있었다

끝없는 그리움

눈이 내립니다
눈이 내리는 겨울이 오면
나는 고요의 강변으로 달려갑니다
당신이 보고 싶기 때문입니다

당신이 행복했으면 좋겠습니다

들창 밖 초가을 빗소리
당신 그리움으로 스며드는 새벽입니다
지나간 여름날 열렬히도 사랑했기에
그리움도 이토록 절절 한가 봅니다

창에 어리는 당신의 하얀 미소
설령 나 혼자만의 그리움일지언정
빗물처럼 젖어 드는 당신 그리움
그 애절함에 가슴 벅차옵니다

초가을 빗소리 속은 거리는
동트는 새벽녘이 시리게 다가옵니다
혹 비 내리는 창가에 기대어
내 그리움으로 잠 못 이루는지 궁금합니다

당신 가슴에 지워지지 않는
하나의 사랑이 나였으면 좋겠습니다
비 오는 날이면 온통 내 생각으로
행복해하는 당신이었으면 참 좋겠습니다,

유월의 시

솔잎 끝에 흰 구슬 방울방울
달개비 꽃 청초한 언덕에 올라
내 사랑하는 사람에게
향기로운 유월의 연서를 띄우리

오! 눈 부신 태양아
은 백양 나무숲에 머물러라
먼 산모롱이 구름 둥실 흐르누나
산들산들 바람결 풀잎 같아라

햇살은 폭포수처럼 쏟아지고
이파리 사이사이 흰 나비떼 날아내리네
새들의 노래에 푸른 유월은 춤추누나

청 달개비 안개 아슬한
별꽃 질펀한 초원에 올라
흰 모시 치마 자락 자락 펼쳐놓고
그리운 마음 붓꽃에 묻혀 청청히 채색하리니

어찌 잊겠습니까

오로지 당신만을
꽃이 피고 지도록 사랑하였습니다

이처럼 당신 바라기로 한 세상
살아간다는 것은 참 행복한 일입니다

봄꽃들 피어나는 어느 봄날
당신은 다정한 눈빛으로 나의 뜰에 왔지요

뜨락 가득히 봄꽃 흐드러지면
꽃잎마다 하얀 그리움이 나풀거립니다

어찌 잊을 수 있겠습니까
목숨처럼 사랑한 내 하나의 당신인 것을

먼 훗날
저 강물에 꽃잎이 흘러 흘러간 후
그때에 참새처럼 처연히 지저귀겠습니다

이토록 아름다운 세상에서
당신을 사랑했음이 참 행복했었노라고

당신은 봄꽃처럼 무정히 가버렸지만

어찌 잊겠습니까 어찌 당신을 잊을 수 잊겠습니까

사색의 밤

비늘 눈 날리는
달빛 아스라한 저녁이오
먼 강가에서 북풍 불어와
마른 가지 흔들어 놓고
휘리릭 지나가오
그대여!

사색의 정원
나뭇가지마다
별빛이 은 나비처럼
팔랑이는 차디찬 밤이오
은밀한 달빛의 연유로
잠들지 못한 긴 겨울밤이오
그대여!

가을 편지

적막한 바닷가
작은 들꽃 카페에서
나뭇잎에 그리움을 씁니다

그리운 이여!
볕 시린 창가엔
마로니에 잎이 지고 있다오

가을도 깊어 가오
뜰엔 노란 잎 켜켜이 쌓여 갑니다

창 너머 바다 끝으로
홀연히 가을이 가고 있소

그리운 이여!
가을이 깊어 가니
그대 그리움에 더욱 쓸쓸합니다

문득!
서늘한 바람 한 자락
하얀 스카프 흔들고 지나가오

제부도에서

하늘빛 파라솔 그림 같은 섬
고즈넉한 노천카페에서
초록 빗방울로 그대 그리네

영롱한 빗방울 알알이
금실 은실에 꿰여서
그대 잠든 들창에 뿌리리니

갈매기 떼 끼룩끼룩
파도는 옥 같이 부서지누나
아! 빗소리 아득도 하여라

쑥부쟁이

창밖에 나뭇잎 지면
아침 이슬처럼 해말간
그대 향기에 젖겠습니다

굴참나무 갈숲에
하얀 나비 떼 날으면
그대 청초한 모습
화폭 가득히 담겠습니다

노을이 내리고
풀 벌레 소리 들려 오면
그대 흰 달빛 언덕에서
밤새워 그리움에 젖겠습니다

당신에게 띄우는 연서

눈 부신 햇살 속에 서서 당신을 생각합니다
계절이 지나가는 거리엔 가을 나뭇잎이 굴러갑니다

어제도 오늘도 무심한 강물은 흐르고
강 너머 갈대밭에 바람 소리 스산합니다

가을 새 떼 지어 서녘 하늘 멀리 노을 속으로 사라집니다
나뭇잎 구르는 가로수 길을 걸으면 나는 쓸쓸합니다

내가 사랑하는 당신은 지금 어디 있나요
먼 나라 어느 항구에서 아직도 집시처럼 떠도시나요

가랑잎 흩어지는 우리의 뜨락으로 어서 돌아 오십시요
당신을 사랑합니다

눈 오는 날

눈이 내립니다
눈이 내리는 겨울이 오면
나는 고요의 강변으로 달려갑니다
당신이 보고 싶기 때문입니다

눈이 흩날립니다
눈이 꽃잎처럼 날리면
나는 긴 강둑 길을 걷습니다
당신이 그립기 때문입니다

눈이 쌓여 갑니다
눈이 소복이 쌓이는 날이면
나는 하염없이 강물만 바라봅니다
당신이 내 곁을 떠났기 때문입니다

석모도 연가

민머루 모래펄에
는개비만 소소하고

저 멀리 수평선에
흰 구름 둥실 떠 가네

파도는 철석이고
갈매기 떼 끼룩끼룩

바닷가 선착장에
빈 나룻배 외롭구나

꽃비

꽃비를 맞으며 걸어요
그대의 거리에도 꽃비가 내리나요
맞아도 맞아도 젖지 않는 비
이토록 그대 그리는 마음
하얀 꽃비 되어 내립니다

꽃잎을 밟으며 걸어요
그대의 뜰에도 꽃잎이 날리나요
밟아도 밟아도 울지 않는 꽃잎
이토록 그대 보고픈 마음
하얀 꽃잎처럼 쌓여 갑니다

겨울 애상

눈이 내리기 시작하면
나는 당신이 그립습니다

고요한 창가에
겨울 새 날아와 지저귑니다

눈이 쌓이기 시작하면
나는 당신이 보고 싶습니다

끝없는 그리움

작은 들창 가득히
별이 쏟아져 내립니다
저 은하수 강가 그 어디 메서
당신 혹 날 보고 계시나요

당신을 사랑한 것이
이토록 가슴 에이는
아픔이 될 줄 몰랐어요
달빛 시린 밤이면
당신 그리워 눈물 흘려요

꺼질 듯 꺼지지 않는
영원한 촛불 하나
내 가슴에 타고 있어요
흰 배꽃 지는 깊은 밤에도
잠들지 못하는 미련한 사랑이여

당신을 사랑했던 것이
지울 수 없는 상흔이 될 줄은
그때는 진정 몰랐어요
봄비 오는 소리 애련한 밤
당신 보고 싶어 홀연히 창가에 기대섭니다

그 섬에서

비 개인 작은 섬 구봉도
꼭 짜면은
초록 물 뚝뚝 떨어지고
햇살은 투명하고
하늘은 깊은 호수다

어느 해 이른 여름
아카시아 꽃 막 피어나고
바다빛 푸른 사파이어처럼
반짝이는 날
그대 떠나갔지만
우리가 사랑했던 계절은
다시 돌아와
그 시간 속
흔적만 이곳에 고스란히
남아있다

바닷새 날아가 버린
노천카페 둥근 탁자에서
그대 웃음소리 들려온다

바람이 하얀 아카시아 꽃잎
대여섯개 떨어뜨리고
지나간 오후
구봉도 해솔길에
노을이 내리기 시작한다

몽환의 뜰

꿈결처럼
눈 오는 저녁입니다

나목의 뜰 빈 가지에
하얀 목화 꽃 피는 밤입니다

눈꽃 송이송이
잊힌 그리움으로 내립니다

먼 대숲 삭풍 한설 불어와
내 심연의 쪽 창 두드립니다

그해 겨울은 행복했네

햇살 쏟아져 내리는
추억의 인사동 거리에서
나는 한 마리 겨울새가 되었습니다

꽃잎처럼 흩날리는
하얀 눈발 속에 서서
문득! 푸른 창공을 봅니다

눈 내리는 거리를 걸으면
옛 생각에 온통 깜깜해져 와요
수많은 연인들이 파도 같아요

그해 겨울 그대 있으매
따뜻했고 참 행복했습니다
아직도 나의 연인은 그대입니다

눈 오는 인사동 골목길에서
그대 볼 수 없음에
나는 깊은 슬픔으로
다시 추억의 거리를 걷기 시작합니다

이별, 그 후

구절초 흐드러진 강언덕
안개비에 젖은 나의 카사비앙카
가을 새 노래하는 아침 뜰에서
그대 그리워 서성입니다

솔바람 부는 추억의 강가에는
철새가 날고 억새의 슬픈 아리아
강물은 아스라이 흘러갑니다

붉은 노을 속에
꿈꾸는 나의 카사비앙카
장밋빛 커튼을 젖히며
오늘도 그대 그리워 서성입니다

애수의 뜰

사랑하는 이여!
다시 가을이 깊었습니다
우수에 젖은 고혹의 뜰에는
오렌지빛 나뭇잎들이
별이 되어 쏟아져 내립니다

지나간 그 여름날
뜨겁게 작열하던 사랑의 열정
이제금 파르라니 떨어져 나딩굴어요

사랑하는 이여!
우리의 가을은 가버렸습니다
찬 이슬에 젖은 벤치에는
추억의 눈동자로 여울집니다

쓸쓸한 시몬의 뜰에는
마른 잎만 채곡채곡 쌓여지고
산 너머 먼 벌판에서
소소리 바람 불어 오는 소리

석양 빛 처연한 이 붉은 저녁을
아! 사랑하는 이여!
어찌 홀로 견디라 하십니까

제목 : 애수의 뜰
시낭송 : 박순애

스마트폰으로 QR 코드를 스캔하면
시낭송을 감상할 수 있습니다.

사랑, 이별 그리고 그리움

시리게 푸르른 여름날의 뜰
등나무 그늘 벤치에 고요히 앉아
그대 깊은 눈빛 그리며 편지를 쓰오

부겐빌레아 향기 아득한 뜨락
붉은 꽃 담장 사이로 계절이 가고
그대 그리움도 끝없이 흘러가오

볕이 유난히 흰 여름날 오후
한줄기 바람에 꽃잎이 피고 지고
참새떼 후루루 날아와 재잘거리오

내 맘에 은 가람처럼 아련한 이여
부겐빌레아 꽃잎이 다 지기 전에
그대여 부디 내 곁으로 돌아와 주오

제목 : 사랑, 이별 그리고 그리움
시낭송 : 최명자
스마트폰으로 QR 코드를 스캔하면
시낭송을 감상할 수 있습니다.

추억의 안단테

어느 초여름
아카시아 꽃잎 지는
서늘한 오후였어
안단테 카페 창가에 앉아
고요히 느린 추억에 젖었지

초록 잎 소근 거리는
볕 고운 테라스에
추억들은 별이 되고
에스프레소 그 진한 향기에
그대 그리움도 깊어라

햇살은 산산이 부서지네
안단테 바다 위에
은 나비처럼 나풀거리네
오! 신기루 같은 그대 그리움
파도처럼 밀려오누나

오월의 뜰

연초록 잎새
한들한들 춤을 추네
햇살은 명자꽃잎에
은 나비같이 내리누나

아! 꿈결인 듯
청순한 뜰을 거니네
가슴에 스치는 바람 소리
그대 그리움인가

청자빛 먼 하늘에
목화 구름 떠가고
하얀 수국 꽃그늘에
안개가 몽실몽실 피어나누나

추억

철쭉 꽃망울 벙글고
바람이 몹시 불던
이른 봄 그 강가
좁다란 길 그립습니다

강물은 잔잔하고
봄 햇살 눈부신 날이었죠
하얗게 웃던
유난히 반짝이던
그 봄날이 그립습니다

우리가 거닐던 강가엔
지금 가을이 오고 있어요

그리운 강물 위에
꽃잎이 지고 나뭇잎은 떨어져서
흘러흘러 가겠지요
우리의 사랑도 그리움도 추억도...

시월의 편지

시월이 오면
사랑하는 이에게
긴 긴 편지를 쓰겠습니다

뚝 뚝 떨어져 구르는
나뭇잎 한 아름 주어다가
달빛 부서지는 창가에 앉아
밤새워 편지를 쓰겠습니다

사랑하는 이여!
어느 가을 어느 거리에서
쓸쓸히 서성이나요
낙엽 흩어지는 나의 뜰로
어서 걸어 오십시요

우리의 풀빛 사랑을
혹 잊으신 건 아니겠지요
깊은 가을밤 하늘에선
별이 쏟아져 내립니다

시월이 오면

귀뚜라미 우는 밤에

내 사랑하는 이에게

긴긴 편지를 쓰겠습니다

제목 : 시월의 편지
시낭송 : 최명자

스마트폰으로 QR 코드를 스캔하면
시낭송을 감상할 수 있습니다.

천년의 사랑

이리도 그리움이 사무칠 줄 알았다면
당신을 그리 쉽사리 보내지 않았을 것을

천년의 세월이 강물처럼 흘러가도
내 어찌 당신의 참사랑을 잊으리오

홍매화 피어나던 그 밤의 그 언약을
오로지 단 한 사람 당신만을 가슴에 담아

알뜰살뜰 소중히 아끼고 사랑하였음을
많은 세월이 흐른 지금 이제사 고백하오

이토록 보고픔이 사무칠 줄 알았다면
당신을 그리 쉽사리 보내지 않았을 것을

계절이 가고 오고 꽃들은 피고 지고
다시 가을이 와서 산천에 물든 잎 지니

이 가슴 메이도록 당신이 보고 싶고
서리서리 사무치게 그리울 뿐이오

제목 : 천년의 사랑
시낭송 : 김락호
스마트폰으로 QR 코드를 스캔하면
시낭송을 감상할 수 있습니다.

님 마중

꽃향기 봄바람에 흩어지는데
그리운 내 님 모습 잊을 수 없네

늘어진 버들가지 잎새 푸른데
떠나간 내 님은 소식도 없네

아지랑이 피어 나는 언덕에 서서
봄꽃 피면 오마던 님 기다리네

님 오시는 길

원앙새 뜨락에 날으니

님이 오시려나

긴 긴 기다림에

하얀 새벽 별이 되었네

소록 소록 밤새 내려

쌓인 눈길로

사뿐히 즈려밟고 오시옵소서

그대 곁으로

산 그림자 길게 누운
어스름 저녁

중천에 뜬 달빛
푸르른 밤에

그리운 그대
그리운 밤에

가만 가만 고요히
싸릿문 열고

사뿐사뿐 나비처럼
그대 곁으로

그대 생각

길을 걸어도 그대 생각
꽃을 보아도 그대 생각

별을 보아도 달을 보아도
온통 그대 생각뿐이네

파도 같이 밀려드는
이 그리움 어찌할 거나

바람아 봄바람아 말 좀 해다오

첫사랑

소나기 후두둑 후두둑
쏟아지던 한 여름날 오후였어

쏟아지는 빗속을
우산도 없이 뛰어오던 그 모습

여름 계곡의 안개비처럼
지금도 내 가슴에 아릿한 그리움으로 남아 있다

그날처럼 여름 소나기
후두둑 후두둑 쏟아지는 날이면

그 여름날의 아름다웠던 추억들이
영상처럼 풍경화처럼 노을빛 창가에 여울진다

3 추억의 플랫폼

다시 가을이 가고 있다
나는 늦가을 햇살 속에서
정처 없이 헤매이는 가을 나그네
붉은 노을도 초저녁 별빛도 애닯기만 하여라,

메기의 추억

싸락눈 내리던 날
잔솔가지 모닥불 피워 놓고

오빠가 만들어준
널빤지 썰매 타던 유년의 시냇가

시린 손 호호 시린 발 동동
그 매캐한 연기 폴폴 그리워진다

모닥불에 양말 말리던
참새들은 지금 뭘 하고 있을까

널빤지 썰매 씽씽씽
얼음장 깨지는 소리에

화들짝
꿈속에서 깨어난 설날 새벽

추억

계절은 가고 오고
다시 봄입니다
그대 떠나간 그 길가에
진달래 예전처럼 피었습니다

그날처럼
봄바람 불어오고
두견새가 날아오르고
햇살은 시리게 투명합니다

봄꽃 안개 자욱한 뜰엔
그대와의 아름다운
추억의 파편들이
꽃비처럼 흩어집니다

그대 떠난 후 나 이렇게
우리가 함께했던
그 진달래꽃 길을 거닐며
그대 그리움에
젖습니다

신작로 길

플라타너스 이파리
하얀 손 흔들던 신작로 길

뽀얀 먼지 속에
배꽃처럼 깔깔 웃던
그 해맑간 얼굴들
지금 어디메 살고 있는지

비 오는 날이면
책 보따리 둘러메고
토란잎 우산 쓰고
내 달리던 신작로 길

울퉁불퉁 진흙탕 길
버들피리 필릴 릴 리
그 순수의 눈동자들
그리워라 보고 싶어라

회한

이디오피아의
눈 오는 둑길에 서서
물처럼 흘러간 날들의
그대 생각합니다

아스라이 멀어져간
푸른 날의 그대여!
다시 돌아올 순 없을까

나의 꿈이여!
여름날의 태양이여!

이루지 못한 꿈들로
서성거려야 했던 호숫가

하늘의 빛들이
온통 우리에게 쏟아지던
그 아름다운 나날 속에
그대와 나였음을

겨울 어느 날
눈 오는 소양강 긴 둑길을
홀로 걸으며 회한에 젖는다

어느 겨울 오후

겨울 한낮
눈 쌓인 평원을 걷는다
숨 멎을 것처럼
환희로 물결친다

나지막한 설원
은가루 흩뿌린 듯
수천만 개의 보석들이
햇살에 반짝이며 다가온다

나는 하얀 캠퍼스에
수채화를
그리기 시작한다
지나간 순간순간들이
흑백 영화처럼 스쳐 지나간다

눈발 날리는 겨울 한낮
드넓은 설원 아득히 바라보며
나는 무한한 행복감에 빠져든다

애수의 석모도

안개 자욱한 아침
추억 속의 그 숲길을 가네
노란 산 국화 향기
가슴 가득히 차오르네
그대와 거닐던 오솔길에
가랑잎 우수수 흩어지누나

바스락 바스락
상수리나무 사잇길에
그리운 그대 발자국 소리
정다운 그 목소리 들려오네
파도 소리 쓸쓸한 바닷가에
는개비만 서러이 내리누나

흰 별꽃 무더기 낮은 언덕에
억새의 슬픈 연가 애닯아라
아 수평선 너머로 가을이 가네
저 멀리 어느 항구에서
이별의 뱃고동 소리 아득 하누나

아아 그대 그리워라

제목 : 애수의 석모도
시낭송 : 박영애
스마트폰으로 QR 코드를 스캔하면
시낭송을 감상할 수 있습니다.

세월

흐르는 것은
강물인 줄 알았네
구름인 줄 알았다네

문득!
뒤돌아보니
아! 세월 또한 흐르는 것을

삶

가끔은 살아간다는 것이
참 막막하기만 할 때 있습니다

황금보다도 더 귀한
시간들이 덧없이 흘러갑니다

어디로 가야 할지 몰라
갈림길에서 서성일 때 있습니다

빼곡한 수첩 뒤져보아도
전화할 곳 딱히 없을 때 있습니다

삶이 힘겹고 지칠 때면
노을처럼 다가서는 한 사람 있습니다

잘 지내고 있나요
잘 살아가고 있나요

아주 가끔 촉촉한 목소리로
그리운 안부라도 전하고 싶습니다

여름비 추적추적 내리면
젖은 풀잎처럼 외로워집니다

삶을 살아 낸다는 것이
참 쓸쓸하고 슬퍼질 때 있습니다

인생

청춘!
한번 가면 두 번 오지 않으며

인생!
그 또한 한번 지나가면
다시 되돌아오지 않으니

이 어찌
바람이라 구름이라
부르지 않으리오

인생이란!
스쳐 가는 한 자락 바람이요

하늘에 유영하는 뜬구름
한여름 밤의 꿈 같은 것이라오

3월의 시

올해에도 속절없이
고요한 뜨락에
봄은 또 그렇게
오고야 말았습니다
밤새 이슬비 소근 거리더니
백 목련 하얀 가슴 톡 터졌습니다

올해에도 기어이
연둣빛 뜨락에
흰 봄 새 떼거지
날아와 앉아 지저귑니다
밤새 초록 바람 살랑이더니
백 목련 웃음소리 자지러집니다

가을 수채화

딩 동 댕
실로폰 소리 같은
늦가을 아침
마로니에 나뭇잎 사이로
쏟아지는 은 구슬

아뜰리에 창가에
가을 잎의 슬픈 절규
그 처절한 영혼의 소리
가슴으로 들으며
노란 물감으로
가을을 채색하기 시작한다

다시 가을이 가고 있다
나는 노을진 들판을
정처없이 헤매이는 가을 나그네
초저녁 별이 뜨고
풀벌레 소리에 가을이 깊어 간다

마지막 잎새

지난밤 찬비에
마지막 잎새마저 떨구고
가을은 그렇게 떠나갔습니다

노란 손수건 흔들며
비 오는 모퉁이 길 돌아서
굿바이 하며 떠나갔습니다

차마 전하지 못한
한 움큼 그리움 때문에
내 마음 안달이 났습니다

덕적도

고즈넉한 섬
갈매기들의 낙원이다
햇살은 아슬하고
바람은 소슬하다

야트막한 언덕에서
바라보는 일출
일렁이는 금빛 물결
아! 꿈결 같아라

안개에 젖은 몽돌 해변엔
진종일 는개비 내리고
붉은 적송 사이사이
이름 모를 야생화 천국이다

아득히 등대가 보이는
바위틈에 게 소라 일가들이
오순도순 살아가고 있다

아름다운 외포리 해안
은 모래펄 고요히 걸으면
하얀 조가비들의
옛이야기 전설처럼 들려 온다

그해 여름

작열하는 태양 아래
에메랄드빛 바다
우리들은 아침부터
바다에 풍덩풍덩 뛰어들었다

물개처럼 물찬 제비처럼
푸른 윤슬 헤치며 물장구를 쳤다
수평선엔 뭉게구름 한가로이 흐르고

모래밭에 새겨 놓은
수많은 우리들의 여름 이야기
파도가 밀려와 지우고 또 지워버렸다

팔월의 뜨거운 햇살 사이로
우리들의 낭만과 추억과 함께
그해 여름은 그렇게 지나가고 있었다

휴양지의 아침

잔물결 일렁이는
안개 호수엔
그해 여름이
고요히 지나가고 있었어

옥같이 맑은
삼포리 호수 속엔
그 여름 불타던 태양이
가을 달처럼 흐르고

매미 소리 애잔한
호숫가 자작나무 숲엔
갈 새 소리 어느새 들리네
아! 서늘히 바람이누나

몽환의 숲

침묵의 숲에서
흰 벚꽃 피던 봄밤을
그리워하는가 그대

눈 오는 몽환의 숲에서
꿈속에 들었는가
붉은 벽돌담장 덩쿨장미의
정열을 보고파 하는가 그대

지난해 어느 늦가을
무수히 구르던
노란 은행잎의 슬픔을
기억하는가 그대

겨울 스케치

바닷새 한가로이
망중한에 젖는
초겨울 어느 오후

대부도 노천카페에서
구름 스케치북 펼쳐 놓고
하이얀 물감으로
나는 겨울을 채색한다

바다 빛도 깊어 간다
햇살이 시리게 파고든다
이제 곧 함박눈이 내리고
발 동동 구르는 한겨울이 올 테지

문득!
올려다본 하늘에선
흰 꽃잎 폴폴 날리기 시작한다
아마도 폭설이 쏟아지려나 보다

스케치북에 수북한
지난가을을 털어 내며
나는 고요히 이젤 앞에 앉는다

그리고
다시 그 겨울을 스케치한다
이른 겨울 오후
대부도는 홍갈색 노을에
물들고 서녘 하늘
가득히 갈매기 떼 날아간다

제목 : 겨울 스케치
시낭송 : 김이진
스마트폰으로 QR 코드를 스캔하면
시낭송을 감상할 수 있습니다.

구월의 숲으로 가자

그리운 사람아!
우리 손 잡고
나뭇잎 물드는
구월의 숲으로 가자

푸드득 산 꿩이 나르고
다람쥐 도토리 굴리는
솔바람 부는 숲으로 가자

산새 노래 장단에
상수리 노랗게 여물고
산야초 향기 아찔한
깊은 숲으로 달려가자

그리운 사람아 !
우리 다정히 손 잡고
꿀밤 툭 떨어지는 숲으로 가자

칠월의 숲

칠월의
푸른 숲에
여름비가 내리네

보리수 푸른 잎에
빗방울 또르르르
초록 숲이 되었다네

파랑새
푸드득 날으니
장맛 비가 그치려나

칠월의
파란 숲에
여름비가 내리네

세월의 강

흐르는
강물 따라
세월은 가고

인생의
희노 애락
강물 따라 흐르고

앞 뒷산
종다리도
같이 가자네

흐르는
강물 따라
세월이 가네

그리운 마음

하얀 겨울 밤
나의 고요한 창가에
밤 새워 깨어있는
나의 별 나의 사랑아

그대 머무는
하늘은 높고도 멀어
그리운 마음
꿈 같이 아득해라

오! 나의 별 나의 사랑아

나의 샘 속는
맑은 영혼의 풀 밭에서
그대와 잠들고 싶어

이 그리움 알알이
푸른 별 빛에 엮어
무한히도 깊은
그대 창공에 띄우리

제목 : 그리운 마음
시낭송 : 김지원
스마트폰으로 QR 코드를 스캔하면
시낭송을 감상할 수 있습니다.

사월의 슬픔

하늘이 갈라지고
땅이 꺼지는 날이었습니다.
하늘도 울고 땅도 울고
우리 겨레 우리 민족이
땅을 치며 통곡하는 날이었습니다.

연초록 그 여린 새싹들
그 푸르디푸른 눈망울들
검푸른 물속으로 스러져 갈 때

그 얼마나 아팠을지
그 얼마나 부모 품이 그리웠을지
목젖에 피가 튀도록 애타게
불렀을 보고픈 그 이름
아버지 어머니

제주의 바다여
제발 부디 제발
그 여린 꽃망울들
춥지 않도록 포근히 안아서
털끝 하나 상하는 일 없게 하셔서
애통해하는 부모형제 품으로
우리 민족의 품으로
제발 돌려주소서
부디부디 돌려 주오소서

그리운 시냇물

산 첩첩
골짜기 사이로
은빛 주단 주르르
흐르는 시냇물

그 무덥든 여름날
훌훌 옷 벗어
구름 위에 올려놓고

첨벙첨벙
물장구치던
그리운 시냇가

눈 감으면 흐르네
산새 소리 들려 오네

언제 다시 돌아가
첨벙첨벙 물장구칠꼬

고향의 푸른 언덕

깊은 심연의 골짜기엔
낙엽만 쓸쓸히 쌓여 가고
안개 자욱한 오솔길에
한 떨기 구절초가 외롭구나

벗에게

나의 벗이여 !
보고 싶은 오랜 벗들이여!
한가위 둥근 달빛에 안부를 전한다

머나먼 내 고향
너무도 아득해
그리운 마음 더욱 깊어라

귀뚜리 소리 애잔한
고향 집 뒤 뜰

주렁주렁 휘 늘어진
감나무는 여전한지
그 푸른 별빛
지금도 쏟아져 내리는지

내 어린 날 벗들이여!
실개천에 달 뜨거든
날 기다려 주렴아

두둥실 꽃구름 타고 내 돌아가리니

그해 봄

진달래 산산이 피고
복사 꽃 휘날리는
하얀 궁전에서
별처럼 찬란한 꿈을 꾸었네

민들레 논둑 길 모퉁이에
물레방아 쏴쏴 돌고
분홍 꽃물 조잘조잘 흘렀네

청보리 물결 남실남실
어미 황소 아기송아지 노닐던 풀밭
그 평화로운 초록빛 풍경

아! 그해 봄

그리운 고향 집

산새 소리 자지러지는
내 고향 두메산골
조랑조랑 산 다래 익어가고

안지골 밭고랑에
옥수수 알알이 수정처럼 빛나는 곳
내 맘속에 항상 그리움이네

앞 도랑 송사리떼
줄지어 숨바꼭질하는 시냇가
지금쯤 수양버들 하늘하늘
시름에 겨워 춤추겠네

장독대 옆 맨드라미
기다리다 기다리다
붉은 눈물 뚝뚝 흘리겠네

풀벌레 소리 애잔한 여름밤
어머니 무릎 베고 누어
옛이야기 소리에 잠들던 고향 집

그 언제 다시 돌아가

쓰르라미 우는 호두나무 뒤뜰

은 달빛 툇마루 끝에 앉아 볼거나

고향의 봄

봄 제비 넘나드는
처마 밑 석가래
무청 시래기
옥수수 씨눈 마르는
유년의 뒷 마당

햇살 한 바구니 소복한
장독대 옆에
지금쯤
제비꽃 무리무리
피어나겠다

그리움

푸른 물결 반짝이는
내 고향 섬진 강가
이 봄에도
은 매화는 또 그렇게
무심히도 피고 지겠다

푸르디푸른
내 고향 섬진 강가
이 봄에도 청보리는
또 그렇게
무심히도 출렁이겠다

사월의 언덕

연초록 가슴
가는 비에 풀어헤친
풀꽃 흐드러진 내 고향 사월
그리워 그리워서 눈에 어리네

흰 구름 나즈막이
머물다간 송아지 언덕배기
금빛 노을 시리게 물들고
솔바람 초연히 불어가는 그곳

들꽃 무리 파르르
아카시아 하얀 꽃잎
서설처럼 날리는 옛고향 사월
가고파 가고파서 눈물나누나

고향의 푸른 언덕

어린 날 뛰어놀던
풀피리 불던 뒷동산에
진달래 별꽃 하매 피어났겠다

뻐꾸기 소리 메아리치던
유년의 클로버 언덕
민들레 홀씨 봄 눈처럼 날리겠다

초록 이슬 텃밭 가에
큰 언니 닮은 흰 풍개 꽃
올해도 흐드러지게 피었을까

토끼풀 꽃반지 끼고
소꿉놀이하던 순수의 눈동자들

지금,
어느 노을 진 강가에서
흰 머릿결 날리고 있는지
그립고 보고 싶어 눈시울 젖는다

섣달 그믐밤

별도 달도 잠든 밤
뒤란에 함박눈 소리 없이 내리고
들기름 심지 불에
그믐밤이 깊어 간다

어머니와 큰 언니는
정지문 닫아걸고
무쇠솥 함지박에
목욕 재개하시던 밤

아주까리 동백기름
정갈하게 쪽진 모습
희디흰 외씨버선
꿈속에도 그리워라

고향 집 앞마당
감나무 가지 끝에 까치들
눈썹 하얗게 세도록
학수고대 기다리겠네

내 고향 남쪽 나라

봄이 오면 온산에
진달래 피어
연분홍 꽃물 들겠네

실버들 시냇가에
버들피리 강아지들
요들송 부르겠네

그곳엔 지금쯤
그 누구 있어
찔레 꺾어 먹을까

산새들 기다릴라
시냇물 기다릴라

아!
그리운
내 고향 남쪽 나라

당산나무의 전설

내 고향 동구밖에
아름드리 당산나무가
사시사철 서 있다

천년을 하루같이
눈이 오나 비가 오나
한결같은 모습으로 서 있다

가가호호 숟가락 젓가락이
몇 개인지 모두 알고 있다
마을의 대소사까지도
세세히 알고 있다

풍년 초 질펀한
뒷동산 뽕나무 아래서
갑돌이와 갑순이가
눈 맞았다는 허무맹랑한 소문도

마을 어귀 디딜 방앗간의
옛날 옛적 오랜 전설까지도

쑥꾹새

앞산 뻐꾸기 뻐꾹 뻐꾹
뒷산 쑥국새 쑥국 쑥쑥국

아지랑이 밭고랑에 달래 냉이 씀바귀
찔레순 꺾어 물고 풀피리 불며 달린다

보리 피는 언덕에 종달새 휘파람 소리
안지골 가시나들 봄바람이 난다네

진달래꽃 화관 쓰고 대소쿠리 옆에 끼고
노랑나비 흰 나비 훠월훨 쑥 캐러 간다

영자야 순자야 옥이야
부르시는 엄니 목소리에 화들짝 놀란
가시나들 노을 속으로 달음박질친다

그날 저녁 쑥 된장국 밥상에 달님도 별님도
초가지붕 처마 끝에 새하얗게 자지러졌다

그리운 언덕

복숭아 꽃 피는 봄이 오면
해 뜨고 질 때까지
골짜기 골짜기 메아리치던
그 뻐꾸기 노랫소리를
거실 창가에 앉아 듣고 있다

시간시간 어김없이 들려오는
그리운 뻐꾸기 소리에
내 마음 보리 패는
언덕으로 달려가고
은비늘 반짝이는 시냇가를 걷는다

지금쯤
옛 고향 앞동산 뒷동산에는
뻐꾸기들의 청아한
노랫소리 온종일 울려 퍼지겠다

추억의 눈깔사탕

금나비 나풀거리는
오월의 뜨락 벤치에 앉아
아득히 먼 그리움에 젖는다

감자꽃 필 무렵
더운 여름날 아침
아버지는 중절모에
모시옷을 입으시고
서둘러 오일장에 가셨다

해는 서산으로 지고
눈깔사탕 기다리다 지친
우리 육남매는 잠이 들었다

아버지는
달과 별이 졸고 있는
늦은 밤에야 돌아오셨다

아침에 어머니가
부탁하신 성냥 두 갑이며
간 갈치 한 두름 모두 잊으시고
눈깔사탕만 주머니에서
주르르 쏟아졌다

향수

푸르디푸른
오월을 걸어서
먼 그곳에 가고 싶다

팝콘처럼 쏟아지는
감꽃 지는 저녁

댓돌 밑 멍석에 누어
잃어버린 유년의
별들을 찾아
하나둘 헤이고 싶다

개똥벌레 등불 아래
조약돌 구르는
시냇물 소리 들으며
깜빡 꽃잠 들어도 참 좋겠다

청청한 달빛 스러질 때까지

회상

엄동설한 기나긴 밤
가물가물 등잔불 밑에서
솜 저고리 수놓으시던
내 어머니 그립구나

문풍지 피리 부는 밤
옹기종기 여섯 남매
질화로에 군밤 묻어 놓고

옛날이야기 듣던
눈 오던 그 하얀 밤이
꿈결처럼 아련도 하여라

여섯 남매 추울세라
깊은 밤 군불 지피시던
자상하신 아버지 모습
그립고 보고 싶구나

그리웠던 아랫목에
홀로 누워 있노라니
먼 산 올빼미 소리
아득히도 구슬퍼라

추억의 플랫폼

눈이 내리면
기차를 타야겠다
큰 가방 하나 들고
차표를 사고
낯선 사람들 틈에서
집시처럼 헤매도 좋으리

눈 퍼붓는 날
고향에 가야겠다
쏟아지는 눈발 사이로
미끄러지는 기차를
눈이 시리도록 바라보리라

긴 경적 소리 울리며
추억의 터널을 지나
고향 역으로 달려가야겠다

가슴속에는 돌돌
동구 밖 느티나무 아래
옥빛 시냇물 소리 들려 온다

눈이 내리는 날에는
기차를 타고 황혼이지는
아름다운 내 고향의
플랫폼으로 달려 가볼 일이다

내 고향 오솔길을 거닐며

첩첩산중 내 고향에
구름 타고 돌아왔네
그립고 보고 싶어
잠 못 들고 뒤척이며

봄꽃 피고 지고
갈잎 흩어지는 창가에
촛불 밝히던 그 수많은 별 밤
아! 몇몇 해였던가

깊은 심연의 골짜기엔
낙엽만 쓸쓸히 쌓여 가고
안개 자욱한 오솔길에
한 떨기 구절초가 외롭구나

산천은 변함없는데
다정한 그 모습 보이지 않네
찬 바람 부는 안지골에
산새 소리만 아득하여라

제목 : 내 고향 오솔길을 거닐며
시낭송 : 박영애
스마트폰으로 QR 코드를 스캔하면
시낭송을 감상할 수 있습니다.

청산에 살고지고

칡넝쿨 얼그렁 덜그렁
철 따라 들꽃 피고 지고
산새 소리 정겨운
내 고향 청산에 살고지고

산들바람에 솔숲 걷고
아름드리 상수리나무 아래
맑은 샘물 가에 앉아서
내 못다 한 사랑 노래 부르리

머루 다래 알알이 익어가고
산 다람쥐 도토리 굴리는
흰 구름 머무는 초야에 묻혀
유수 같은 세월 살고지고

휘영청 밝은 달밤이면
개똥벌레 등불 아래
정다운 고우와 시냇가에 앉아
도란도란 옛이야기 별 밤 지새우리

제목 : 청산에 살고지고
시낭송 : 조한직

스마트폰으로 QR 코드를 스캔하면
시낭송을 감상할 수 있습니다.

사월이 오면

청옥빛 시냇물
돌돌 흐르고
하얀 찔레꽃 향기로운
내 고향에 가야겠네

포프라 이파리 반짝거리는
신작로 길 걸어서
삐삐 뽑아 먹으러
제비꽃 동산에 가야겠네

아아 사월이 오면
유년의 소꿉친구들과
흰 별꽃 언덕에 올라
풀피리 필릴리리 불어 봐야겠네

유년의 어느 봄

복사 꽃 산마루에
아침 해 둥실 떠오르면
꿈꾸던 작은 동화 마을은
갑자기 시끌벅적 분주해진다

홰치는 장닭들의 꼬끼오
카랑카랑 세레나데
살랑살랑 복실이 신바람이 난다

동네 아낙들의 우물가
똘배나무에도 파릇한 봄
물동이 이고 가는
세채 언니 뒷모습이 정겹다

뭉게구름 초가지붕
솜사탕처럼 달콤하다
골목골목 봄 냄새 향기롭다
취나물 더덕구이 냉이 된장국

사십 년이 지난
유년의 풀냄새 가득한
풋내 나는 그 밥상이
몹시도 그리운 봄날 아침이다

고향 생각

장작불 아궁이에
군고구마 익어가는
고향 집 부뚜막이
서럽게 그리운 밤입니다

소쩍쩍 소쩍새 소리
깊은 한 겨울밤 깨우는
추억 속의 그 구들목으로
눈구름 타고 달려갑니다

달빛 푸른 뒤뜰에
사락사락 함박눈 내리고
송이송이 흩어지는
그 아린 그리움들이여!

너무나 멀리 와버린
나의 발자국만큼이나
긴긴 옛이야기 속으로
이 밤 줄달음 박질 칩니다.

제목 : 고향 생각
시낭송 : 박영애

스마트폰으로 QR 코드를 스캔하면
시낭송을 감상할 수 있습니다.

고향 눈

내 고향 산천에
흰 눈 내려 쌓이고

풀피리 옛 동산에
부엉새 소리 구슬퍼라

잎 진 감나무 뒤뜰
고요히 거니는데

달빛 고고하고
별이 발아래 밟히네

봉숭아 꽃물

여름 깊어 토담 밑에
겹 봉숭아 피어나니
고향 생각 새록새록
눈시울 젖는구나

휘영청 달 밝은
한여름 밤에
쑥부쟁이 모깃불
모락모락 피워 놓고

별 내린 섬돌 아래
멍석 깔고 둘러앉아
봉숭아 꽃물들이던
그 시절 그립구나

길은 천 리 머나먼데
내 마음 어느새
그리운 옛 고향 집
화단 가에 머무네

옛 동산

그리운 그곳에
지금쯤
하얀 배꽃 흐드러졌겠네

희디흰 꽃잎
서설처럼 날리던
나의 유년의 뒷동산
아아 그리워라

내 맘속엔 언제나
끝없는 그리움이
시냇물처럼 흐르네

꽃구름 피어나는
그리운 옛 동산에
이젤 세워 놓고
흩어지는 배꽃 송이송이 담아야겠네

찔레꽃

오월이 오면
누런 황소 한가로이
풀 뜯던 언덕배기

하얀 찔레꽃
무더기 속에서
꿈꾸는 유년이 시작되었네

맑은 시냇물에
찔레꽃 배 동동 띄우면
버들치들 촐랑촐랑 물장구쳤네

그리운 고향

내 고향 산천에 흰 눈 날리던 날
가슴 아픈 이별을 하고
눈물 한 동이 훌뿌리며 떠나 온 지 십수 년

세월은 무심히도 흘러가 버렸네
소쩍새는 잘 있는지
그 푸른 별들은 지금도 꿈꾸는지

그리워라 가고 파라 옛 친구 보고파라
진달래꽃 따 먹던 앞동산 그리워라

봄이 오면 앵두꽃 복숭아꽃
눈꽃처럼 내리는 날
내 고향으로 돌아가리라 돌아가리라

애수의 뜰

김소미 시집

초판 1쇄 : 2018년 11월 12일

지 은 이 : 김소미

펴 낸 이 : 김락호

디자인 편집 : 이은희

기 획 : 시사랑음악사랑

인 쇄 : 청룡

연 락 처 : 1899-1341

홈페이지 주소 : www.poemmusic.net

E-Mail : poemarts@hanmail.net

정가 : 10,000원

ISBN : 979-11-6284-076-4